FEDERICO
GARCIA LORCA

DIWAN DES TAMARIT

SONETTE
DER DUNKLEN LIEBE

GEDICHTE
SPANISCH UND DEUTSCH

ÜBERTRAGEN
VON RUDOLF WITTKOPF UND
LOTHAR KLÜNNER

INSEL VERLAG

Zweite Auflage 1986

Ausführliche bibliographische Hinweise sind im Anhang zu finden

Druck: MZ-Verlagsdruckerei, Memmingen
Printed in Germany

DIVAN DEL TAMARIT

DIWAN DES TAMARIT

GACELAS

GASELEN

GACELA PRIMERA

DEL AMOR IMPREVISTO

Nadie comprendía el perfume
de la oscura magnolia de tu vientre.
Nadie sabía que martirizabas
un colibrí de amor entre los dientes.

Mil caballitos persas se dormían
en la plaza con luna de tu frente,
mientras que yo enlazaba cuatro noches
tu cintura, enemiga de la nieve.

Entre yeso y jazmines, tu mirada
era un pálido ramo de simientes.
Yo busqué, para darte, por mi pecho
las letras de marfil que dicen *siempre*.

Siempre, siempre: jardín de mi agonía,
tu cuerpo fugitivo para siempre,
la sangre de tus venas en mi boca,
tu boca ya sin luz para mi muerte.

GASELE I

VON DER UNERWARTETEN LIEBE

Niemand erkannte den Duft
deines Leibes, der dunklen Magnolie.
Niemand wußte, daß zwischen den Zähnen
du einen Liebes-Kolibri quältest.

Tausend persische Pferdchen schliefen
auf dem mondhellen Platz deiner Stirn,
und vier Nächte lang umschlang ich
deine Lenden, diese Feinde des Schnees.

Zwischen Gips und Jasmin war dein Blick
ein fahles Büschel Samen.
In meiner Brust sucht ich für dich
die Elfenbeinlettern, die sagen *immer*.

Immer, immer: Garten meiner Agonie,
dein Leib auf der Flucht für immer,
das Blut deiner Adern in meinem Mund,
dein Mund ohne Licht schon für meinen Tod.

GACELA II

DE LA TERRIBLE PRESENCIA

Yo quiero que el agua se quede sin cauce.
Yo quiero que el viento se quede sin valles.

Quiero que la noche se quede sin ojos
y mi corazón sin la flor del oro;

que los bueyes hablen con las grandes hojas
y que la lombriz se muera de sombra;

que brillen los dientes de la calavera
y los amarillos inunden la seda.

Puedo ver el duelo de la noche herida
luchando enroscada con el mediodía.

Resisto un ocaso de verde veneno
y los arcos rotos donde sufre el tiempo.

Pero no ilumines tu limpio desnudo
como un negro cactus abierto en los juncos.

Déjame en un ansia de oscuros planetas,
pero no me enseñes tu cintura fresca.

GASELE II

VON DER SCHRECKLICHEN GEGENWART

Ich wollte, das Wasser hätte kein Flußbett.
Ich wollte, es hätte der Wind keine Täler.

Ich wollte, es hätte die Nacht keine Augen
und mein Herz nicht den Glanz des Goldes;

es redeten die Ochsen mit den großen Blättern
und es stürbe der Wurm vor Dunkel;

es glänzten die Zähne des Totenkopfs
und alles Gelb überschwemmte die Seide.

Ich kann sehen die Qual der verwundeten Nacht,
die sich windet und ringt mit dem Mittag.

Ich ertrage ein Abendlicht von grünem Gift
und die zerbrochenen Bogen, an denen die Zeit krankt.

Doch laß deine reine Blöße nicht leuchten
gleich einem schwarzen Kaktus offen im Schilf.

Überlaß mich einer Sehnsucht nach dunklen Planeten,
doch zeig mir deine frischen Lenden nicht.

GACELA III

DEL AMOR DESESPERADO

La noche no quiere venir
para que tú no vengas,
ni yo pueda ir.

Pero yo iré,
aunque un sol de alacranes me coma la sien.

Pero tú vendrás
con la lengua quemada por la lluvia de sal.

El día no quiere venir
para que tú no vengas,
ni yo pueda ir.

Pero yo iré
entregando a los sapos mi mordido clavel.

Pero tú vendrás
por las turbias cloacas de la oscuridad.

Ni la noche ni el día quieren venir
para que por ti muera
y tú mueras por mí.

GASELE III

VON DER VERZWEIFELTEN LIEBE

Die Nacht will nicht kommen,
damit du nicht kommst
und ich nicht kommen kann.

Ich aber werde kommen,
zerstäche mir auch eine Sonne von Skorpionen die Schläfe.

Du aber wirst kommen,
die Zunge verbrannt vom Regen des Salzes.

Der Tag will nicht kommen,
damit du nicht kommst.
und ich nicht kommen kann.

Ich aber werde kommen
und den Kröten meine zernagte Nelke bringen.

Du aber wirst kommen
durch die trüben Kloaken der Dunkelheit.

Weder der Tag noch die Nacht wollen kommen,
damit ich nach dir mich verzehre
und du dich verzehrst nach mir.

GACELA IV

DEL AMOR QUE NO SE DEJA VER

Solamente por oír
la campana de la Vela
te puse una corona de verbena.

Granada era una luna
ahogada entre las yedras.

Solamente por oír
la campana de la Vela
desgarré mi jardín de Cartagena.

Granada era una corza
rosa por las veletas.

Solamente por oír
la campana de la Vela
me abrasaba en tu cuerpo
sin saber de quién era.

GASELE IV

VON DER LIEBE, DIE SICH NICHT ZEIGT

Beim bloßen Klang
der Glocke der Vela
bekränzte ich dich mit Verbena.

Granada war ein Mond,
ganz in Efeu erstickt.

Beim bloßen Klang
der Glocke der Vela
verheerte ich meinen Garten in Cartagena.

Granada war ein Reh,
rosa auf den Wetterfahnen.

Beim bloßen Klang
der Glocke der Vela
entbrannt ich für deinen Leib,
ohne zu wissen, wer er war.

GACELA V

DEL NIÑO MUERTO

Todas las tardes en Granada,
todas las tardes se muere un niño.
Todas las tardes el agua se sienta
a conversar con sus amigos.

Los muertos llevan alas de musgo.
El viento nublado y el viento limpio
son dos faisanes que vuelan por las torres
y el día es un muchacho herido.

No quedaba en el aire ni una brizna de alondra
cuando yo te encontré por las grutas del vino.
No quedaba en la tierra ni una miga de nube
cuando te ahogabas por el río.

Un gigante de agua cayó sobre los montes
y el valle fue rodando con perros y con lirios.
Tu cuerpo, con la sombra violeta de mis manos,
era, muerto en la orilla, un arcángel de frío.

GASELE V

VOM TOTEN KIND

Jeden Nachmittag in Granada,
jeden Nachmittag stirbt ein Kind.
Jeden Nachmittag setzt das Wasser sich auf
und plaudert mit seinen Freunden.

Die Toten haben Flügel aus Moos.
Der wolkige Wind und der heitere Wind
sind zwei Fasane, umfliegen die Türme,
und der Tag ist ein Junge, der hat sich verletzt.

In der Luft kein Laut einer Lerche mehr war,
als ich dich traf in den Grotten des Weins.
Auf der Erde keine Faser einer Wolke mehr war,
als du ertrankst in dem Fluß.

Wasser, ein Riese, auf die Berge sich stürzte,
und es schwankte das Tal mit Hunden und Lilien.
Dein Körper, im violetten Schatten meiner Hände,
war, tot am Ufer, ein Erzengel aus Kälte.

GACELA VI

DE LA RAIZ AMARGA

Hay una raíz amarga
y un mundo de mil terrazas.

Ni la mano más pequeña
quiebra la puerta del agua.

¿Dónde vas, adónde, dónde?
Hay un cielo de mil ventanas
– batalla de abejas lívidas –
y hay una raíz amarga.

Amarga.

Duele en la planta del pie
el interior de la cara,
y duele en el tronco fresco
de noche recién cortada.

¡Amor, enemigo mío,
muerde tu raíz amarga!

GASELE VI

VON DER BITTEREN WURZEL

Es gibt eine bittere Wurzel
und eine Welt mit tausend Terrassen.

Nicht die kleinste Hand
sprengt die Tür des Wassers.

Wohin, wohin gehst du, wohin?
Es gibt einen Himmel mit tausend Fenstern
– Schlacht maulbeerfarbener Bienen –
und es gibt eine bittere Wurzel.

Bitter.

In der Fußsohle schmerzt
das Innere des Gesichts,
wie es schmerzt im jungen Stamm
von frisch gefällter Nacht.

Liebe, du meine Feindin,
zerbeiß deine bittere Wurzel!

GACELA VII

DEL RECUERDO DE AMOR

No te lleves tu recuerdo.
Déjalo solo en mi pecho,

temblor de blanco cerezo
en el martirio de enero.

Me separa de los muertos
un muro de malos sueños.

Doy pena de lirio fresco
para un corazón de yeso.

Toda la noche, en el huerto
mis ojos, como dos perros.

Toda la noche, corriendo
los membrillos de veneno.

Algunas veces el viento
es un tulipán de miedo,

es un tulipán enfermo,
la madrugada de invierno.

Un muro de malos sueños
me separa de los muertos.

GASELE VII

VON DER LIEBESERINNERUNG

Nimm die Erinnerung nicht mit,
laß sie allein in meiner Brust,

weißer Kirschbaum, wie er bebt
im Marterwind des Januar.

Von den Toten trennt mich jetzt
eine Mauer böser Träume.

Für ein Herz aus hartem Gips
geb ich lilienfrisches Leid.

Diese ganze Nacht im Garten
meine Augen wie zwei Hunde.

Diese ganze Nacht ich laufe
durch die giftigen Quitten hin.

Hin und wieder ist der Wind
eine Tulpe ganz aus Angst,

eine blasse, kranke Tulpe
ist der frühe Wintermorgen.

Eine Mauer böser Träume
trennt mich von den Toten jetzt.

La niebla cubre en silencio
el valle gris de tu cuerpo.

Por el arco del encuentro
la cicuta está creciendo.

Pero deja tu recuerdo,
déjalo solo en mi pecho.

Still verhüllen Nebelschwaden
deines Leibes graues Tal.

Unterm Bogen der Begegnung
üppig schießt der Schierling auf.

Laß doch die Erinnerung da,
laß sie allein in meiner Brust.

GACELA VIII

DE LA MUERTE OSCURA

Quiero dormir el sueño de las manzanas,
alejarme del tumulto de los cementerios.
Quiero dormir el sueño de aquel niño
que quería cortarse el corazón en alta
mar.

No quiero que me repitan que los muertos no pierden la
sangre;
que la boca podrida sigue pidiendo agua.
No quiero enterarme de los martirios que da la hierba,
ni de la luna con boca de serpiente
que trabaja antes del amanecer.

Quiero dormir un rato,
un rato, un minuto, un siglo;
pero que todos sepan que no he muerto;
que hay un establo de oro en mis labios;
que soy el pequeño amigo del viento Oeste;
que soy la sombra inmensa de mis lágrimas.

Cúbreme por la aurora con un velo,
porque me arrojará puñados de hormigas,
y moja con agua dura mis zapatos
para que resbale la pinza de su alacrán.

GASELE VIII

VOM DUNKLEN TOD

Ich möchte schlafen den Schlaf der Äpfel,
fern dem Tumult der Friedhöfe.
Ich möchte schlafen den Schlaf des Kindes,
das sich auf offenem Meer das Herz aus der Brust reißen wollte.

Ich will nicht mehr hören, daß die Toten ihr Blut nicht verlieren;
daß der verweste Mund noch nach Wasser verlangt.
Ich will nichts von den Martern wissen, die das Gras bereitet,
noch von dem Mond mit dem Schlangenmaul,
der seine Arbeit tut, ehe es tagt.

Ich möchte ein Weilchen schlafen,
ein Weilchen, eine Minute, ein Jahrhundert;
doch alle sollen wissen, ich bin nicht gestorben;
da ist ein Stall von Gold auf meinen Lippen;
ich bin der kleine Freund des Westwinds;
ich bin der riesige Schatten meiner Tränen.

Vor der Morgenröte bedeck mich mit einem Schleier,
denn sie wird mich wild mit Ameisen bewerfen,
und benetz mit hartem Wasser meine Schuhe,
daß die Schere ihres Skorpions abgleite.

Porque quiero dormir el sueño de las manzanas
para aprender un llanto que me limpie de tierra;
porque quiero vivir con aquel niño oscuro
que quería cortarse el corazón en alta mar.

Denn ich möchte schlafen den Schlaf der Äpfel,
um ein Weinen zu lernen, das von Erde mich reinigt;
denn ich möchte leben mit dem dunklen Kind,
das sich auf offenem Meer das Herz aus der Brust reißen
wollte.

GACELA IX

DEL AMOR MARAVILLOSO

Con todo el yeso
de los malos campos,
eras junco de amor, jazmín mojado.

Con sur y llama
de los malos cielos,
eras rumor de nieve por mi pecho.

Cielos y campos
anudaban cadenas en mis manos.

Campos y cielos
azotaban las llagas de mi cuerpo.

GASELE IX

VON DER WUNDERBAREN LIEBE

Bei all dem Gips
der elenden Felder
warst Schilf du der Liebe, feuchter Jasmin.

Bei Südwind und Feuer
der elenden Himmel
warst rieselnder Schnee du auf meiner Brust.

Himmel und Felder
schmiedeten Ketten an meine Hände.

Felder und Himmel
peitschten meines Körpers Wunden.

GACELA X

DE LA HUIDA

A mi amigo Miguel Pérez Ferrero

Me he perdido muchas veces por el mar
con el oído lleno de flores recién cortadas,
con la lengua llena de amor y de agonía.

Muchas veces me he perdido por el mar,
como me pierdo en el corazón de algunos niños.

No hay noche que, al dar un beso,
no sienta la sonrisa de la gente sin rostro,
ni hay nadie que, al tocar un recién nacido,
olvide las inmóviles calaveras de caballo.

Porque las rosas buscan en la frente
un duro paisaje de hueso
y las manos del hombre no tienen más sentido
que imitar a las raíces bajo tierra.

Como me pierdo en el corazón de algunos niños,
me he perdido muchas veces por el mar.
Ignorante del agua, voy buscando
una muerte de luz que me consuma.

GASELE X

VON DER FLUCHT

Für meinen Freund Miguel Pérez Ferrero

Oft schon bin ich im Meer versunken,
das Ohr voller frisch geschnittener Blumen,
die Zunge voller Liebe und Agonie.

Schon oft bin ich im Meer versunken,
wie ich versinke im Herzen mancher Kinder.

Keine Nacht, da ich beim Kuß
nicht das Lächeln der gesichtslosen Leute spüre,
und niemand, der ein Neugeborenes betastet,
vergißt die regungslosen Schädel toter Pferde.

Denn die Rosen suchen auf der Stirn
eine harte Knochenlandschaft,
und des Menschen Hände trachten nur danach,
es den Wurzeln unter der Erde gleichzutun.

Wie ich versinke im Herzen mancher Kinder,
bin ich schon oft im Meer versunken.
Des Wassers nicht achtend, such ich mir
einen Licht-Tod, der mich verbrennt.

GACELA XI

DEL AMOR CON CIEN AÑOS

Suben por la calle
los cuatro galanes.

Ay, ay, ay, ay.

Por la calle abajo
van los tres galanes.

Ay, ay, ay.

Se ciñen el talle
esos dos galanes.

Ay, ay.

¡Cómo vuelve el rostro
un galán y el aire!

Ay.

Por los arrayanes
se pasea nadie.

GASELE XI

VON DER LIEBE MIT HUNDERT JAHREN

Hinauf die Straße
gehn die vier Galane.

Oh, oh, oh, oh.

Hinab die Straße
gehn die drei Galane.

Oh, oh, oh.

Sie schnürn sich fest die Taille,
diese zwei Galane.

Oh, oh.

Wie er sich umblickt,
der Galan – und Luft!

Oh.

Durch die Myrtensträucher
keiner mehr spaziert.

CASIDAS

KASSIDEN

CASIDA PRIMERA

DEL HERIDO
POR EL AGUA

Quiero bajar al pozo,
quiero subir los muros de Granada,
para mirar el corazón pasado
por el punzón oscuro de las aguas.

El niño herido gemía
con una corona de escarcha.
Estanques, aljibes y fuentes
levantaban al aire sus espadas.
¡Ay qué furia de amor, qué hiriente filo,
qué nocturno rumor, qué muerte blanca!
¡Qué desiertos de luz iban hundiendo
los arenales de la madrugada!
El niño estaba solo
con la ciudad dormida en la garganta.
Un surtidor que viene de los sueños
lo defiende del hambre de las algas.
El niño y su agonía, frente a frente,
eran dos verdes lluvias enlazadas.
El niño se tendía por la tierra
y su agonía se curvaba.

Quiero bajar al pozo,
quiero morir mi muerte a bocanadas,
quiero llenar mi corazón de musgo,
para ver al herido por el agua.

KASSIDE I

VOM KIND, DAS DEM WASSER ZUM OPFER FIEL

Ich will hinab in den Brunnen,
will Granadas Mauern hinauf,
um zu sehen das Herz, das durchbohrt
vom dunklen Stichel der Wasser.

Das verletzte Kind, wie hat es gewimmert
mit seiner Krone aus Rauhreif!
Teiche, Zisternen, Quellen
reckten in die Luft ihre Schwerter.
Ach, wie rasend die Liebe, wie verletzend die Schneide,
was für ein nächtlicher Lärm, was für ein weißer Tod!
Welche Wüsten von Licht bezwangen
all den Sand des frühen Morgens!
Das Kind war allein
mit der schlafenden Stadt in der Kehle.
Ein Springquell, genährt von Träumen,
bot Schutz vor dem Hunger der Algen.
Aug in Aug, das Kind und sein Sterben
waren zwei grüne Regen, ganz ineinander verschlungen.
Das Kind, das nach der Erde sich streckte,
und sein Sterben, das sich krümmte.

Ich will hinab in den Brunnen,
will sterben meinen Tod, Schluck um Schluck,
will mein Herz mir füllen mit Moos,
um zu sehen das Opfer des Wassers.

CASIDA II

DEL LLANTO

He cerrado mi balcón
porque no quiero oir el llanto,
pero por detrás de los grises muros
no se oye otra cosa que el llanto.

Hay muy pocos ángeles que canten,
hay muy pocos perros que ladren,
mil violines caben en la palma de mi mano.

Pero el llanto es un perro inmenso,
el llanto es un ángel inmenso,
el llanto es un violín inmenso,
las lágrimas amordazan al viento,
y no se oye otra cosa que el llanto.

KASSIDE II

VOM WEINEN

Ich hab die Balkontür geschlossen,
will es nicht hören, das Weinen,
doch hinter den Wänden, den grauen,
hört man nichts als Weinen.

Nur wenige Engel gibt es, die singen,
nur wenige Hunde, die bellen,
tausend Violinen faßt meine Hand.

Doch das Weinen ist ein ungeheurer Hund,
das Weinen ist ein ungeheurer Engel,
eine ungeheure Violine ist das Weinen.
Die Tränen bringen den Wind zum Schweigen
und man hört nichts als Weinen.

CASIDA III

DE LOS RAMOS

Por las arboledas del Tamarit
han venido los perros de plomo
a esperar que se caigan los ramos,
a esperar que se quiebren ellos solos.

El Tamarit tiene un manzano
con una manzana de sollozos.
Un ruiseñor agrupa los suspiros
y un faisán los ahuyenta por el polvo.

Pero los ramos son alegres,
pero los ramos son como nosotros.
No piensan en la lluvia y se han dormido,
como si fueran árboles, de pronto.

Sentados con el agua en las rodillas
dos valles aguardaban al Otoño.
La penumbra con paso de elefante
empujaba las ramas y los troncos.

Por las arboledas del Tamarit
hay muchos niños de velado rostro
a esperar que se caigan mis ramos,
a esperar que se quiebren ellos solos.

KASSIDE III

VON DEN ZWEIGEN

Durch die Alleen des Tamarit
sind die bleiernen Hunde gekommen;
sie warten, daß die Zweige fallen,
sie warten, daß sie brechen von selbst.

Im Tamarit gibt's einen Apfelbaum
mit einem Apfel des Schluchzens.
Eine Nachtigall reiht die Seufzer auf,
ein Fasan verscheucht sie im Staub.

Aber die Zweige sind fröhlich,
die Zweige sind wie wir.
Ignorieren den Regen, sind plötzlich
eingeschlafen, als wären sie Bäume.

Sitzend, das Wasser bis zu den Knien,
ersehnten zwei Täler den Herbst.
Halbdunkel mit Elefantenschritt
stieß an Äste und Stämme.

In den Alleen des Tamarit
gibt es viele verschleierte Kinder;
sie warten, daß meine Zweige fallen,
sie warten, daß sie brechen von selbst.

CASIDA IV

DE LA MUJER TENDIDA

Verte desnuda es recordar la Tierra,
la Tierra lisa, limpia de caballos,
la Tierra sin un junco, forma pura,
cerrada al porvenir; confín de plata.

Verte desnuda es comprender el ansia
de la lluvia que busca débil talle,
o la fiebre del mar de inmenso rostro
sin encontrar la luz de su mejilla.

La sangre sonará por las alcobas
y vendrá con espadas fulgurantes,
pero tú no sabrás dónde se ocultan
el corazón de sapo o la violeta.

Tu vientre es una lucha de raíces.
Tus labios son un alba sin contorno.
Bajo las rosas tibias de la cama
los muertos gimen esperando turno.

KASSIDE IV

VON DER LIEGENDEN

Nackt dich sehen heißt die Erde erinnern,
die Erde, glatt und unberührt von Pferden,
die Erde ohne ein Schilfrohr, reine Form,
verschlossen der Zukunft; grenzend an Silber.

Nackt dich sehen heißt die Begierde verstehen
des Regens, der zarten Wuchs ersehnt,
oder das Fiebern des Meeres mit dem unermeßlichen Antlitz,
das doch niemals den Glanz seiner Wange findet.

Das Blut wird in den Alkoven erschallen,
wird kommen mit blitzenden Degen,
doch du wirst nicht wissen, wo sie sich verbergen,
das Krötenherz oder das Veilchen.

Dein Schoß ist ein Getümmel von Wurzeln.
Deine Lippen sind Morgenlicht ohne Kontur.
Unter den lauen Rosen des Bettes
seufzen die Toten, warten auf ihren Tag.

CASIDA V

DEL SUEÑO AL AIRE LIBRE

Flor de jazmín y toro degollado.
Pavimento infinito. Mapa. Sala. Arpa. Alba.
La niña sueña un toro de jazmines
y el toro es un sangriento crepúsculo que brama.

Si el cielo fuera un niño pequeñito,
los jazmines tendrían mitad de noche oscura,
y el toro circo azul sin lidiadores,
y un corazón al pie de una columna.

Pero el cielo es un elefante,
el jazmín es un agua sin sangre
y la niña es un ramo nocturno
por el inmenso pavimento oscuro.

Entre el jazmín y el toro
o garfios de marfil o gente dormida.
En el jazmín un elefante y nubes
y en el toro el esqueleto de la niña.

KASSIDE V

VOM TRAUM UNTER FREIEM HIMMEL

Jasmin in Blüte und ein abgestochener Stier.
Endloses Pflaster. Landkarte. Halle. Harfe. Frühe.
Es träumt das Mädchen einen Stier ganz aus Jasmin,
und dieser Stier ist eine blutige Dämmerung, die brüllt.

Wär der Himmel ein ganz kleines Kind,
gehörte dem Jasmin die dunkle Nacht zur Hälfte,
dem Stier ein blauer Kampfplatz ohne Kämpfer,
dazu ein Herz am Fuße einer Säule.

Aber der Himmel ist ein Elefant,
und der Jasmin ist Wasser ohne Blut,
das Mädchen ist ein nachtgetränkter Zweig
in der Unendlichkeit des dunklen Pflasters.

Und zwischen Jasmin und Stier
Gekrümmtes aus Elfenbein oder Schläfer.
Ein Elefant und Wolken im Jasmin
und das Skelett des Mädchens in dem Stier.

CASIDA VI

DE LA MANO IMPOSIBLE

Yo no quiero más que una mano,
una mano herida, si es posible.
Yo no quiero más que una mano,
aunque pase mil noches sin lecho.

Sería un pálido lirio de cal,
sería una paloma amarrada a mi corazón,
sería el guardián que en la noche de mi tránsito
prohibiera en absoluto la entrada a la luna.

Yo no quiero más que esa mano
para los diarios aceites y la sábana blanca de mi agon
Yo no quiero más que esa mano
para tener un ala de mi muerte.

Lo demás todo pasa.
Rubor sin nombre ya, astro perpetuo.
Lo demás es lo otro; viento triste,
mientras las hojas huyen en bandadas.

KASSIDE VI

VON DER UNMÖGLICHEN HAND

Eine Hand möchte ich, nur eine Hand,
wenn möglich, eine versehrte.
Eine Hand möchte ich, nur eine Hand,
sollt ich auch tausend Nächte ohne Bett verbringen.

Sie wäre eine Lilie, bleich wie Kalk,
eine Taube, ans Herz mir gefesselt,
der Schutzengel, der in der Nacht meines Todes
dem Mond rundweg den Zutritt verböte.

Eine Hand möchte ich, nur diese Hand
fürs tägliche Öl wie fürs weiße Laken meiner Agonie.
Eine Hand möchte ich, nur diese Hand:
einen Flügel meines Todes möcht ich haben.

Alles übrige, alles vergeht.
Ist namenlose Röte schon, ewiges Gestirn.
Das übrige ist das andere: trauriger Wind,
während das Laub in Schwärmen flieht.

CASIDA VII

DE LA ROSA

La rosa
no buscaba la aurora:
casi eterna en su ramo,
buscaba otra cosa.

La rosa,
no buscaba ni ciencia ni sombra:
confín de carne y sueño,
buscaba otra cosa.

La rosa,
no buscaba la rosa.
Inmóvil por el cielo
buscaba otra cosa.

KASSIDE VII

VON DER ROSE

Es verlangte die Rose
nicht nach dem Morgenrot:
an ihrem Zweig fast unsterblich,
verlangte sie nach Metamorphose.

Es verlangte die Rose
weder nach Weisheit noch Dunkel:
grenzend an Fleisch und Traum,
verlangte sie nach Metamorphose.

Es verlangte die Rose
gar nicht nach der Rose.
Still zum Himmel blickend,
verlangte sie nach Metamorphose.

CASIDA VIII

DE LA MUCHACHA DORADA

La muchacha dorada
se bañaba en el agua
y el agua se doraba.

Las algas y las ramas
en sombra la asombraban
y el ruiseñor cantaba
por la muchacha blanca.

Vino la noche clara
turbia de plata mala
con peladas montañas
bajo la brisa parda.

La muchacha mojada
era blanca en el agua
y el agua, llamarada.

Vino el alba sin mancha,
con cien caras de vaca,
yerta y amortajada
con heladas guirnaldas.

La muchacha de lágrimas
se bañaba entre llamas
y el ruiseñor lloraba
con las alas quemadas.

KASSIDE VIII

VOM GOLDENEN MÄDCHEN

Das Mädchen, das goldene,
badete im Wasser
und das Wasser sich vergoldete.

Die Algen und die Zweige
tauchten es in Schatten,
und für das Mädchen weiß
sang die Nachtigall.

Kam der Mondesglanz
wie schlechtes Silber trüb,
die Berge waren kahl
und braun und sanft der Wind.

Das Mädchen nackt und naß
im Wasser war ganz weiß,
das Wasser eine Lohe.

Kam der Morgen makellos
mit hundert Kuhgesichtern,
kam starr im Leichentuch
mit eisigen Girlanden.

Das Mädchen tränennaß
badete in Flammen,
und mit versengten Flügeln
weinte die Nachtigall.

La muchacha dorada
era una blanca garza
y el agua la doraba.

Das Mädchen, das goldene,
war ein Silberreiher,
den das Wasser vergoldete.

CASIDA IX

DE LAS PALOMAS OSCURAS

A Claudio Guillén

Por las ramas del laurel
vi dos palomas oscuras.
La una era el Sol,
la otra la Luna.
»Vecinitas«, les dije,
»¿dónde está mi sepultura?«
»En mi cola«, dijo el Sol.
»En mi garganta«, dijo la Luna.
Y yo que estaba caminando
con la tierra por la cintura
vi dos águilas de nieve
y una muchacha desnuda.
La una era la otra
y la muchacha era ninguna.
»Aguilitas«, les dije,
»¿dónde está mi sepultura?«
»En mi cola«, dijo el Sol.
»En mi garganta«, dijo la Luna.
Por las ramas del laurel
vi dos palomas desnudas.
La una era la otra
y las dos eran ninguna.

KASSIDE IX

VON DEN DUNKLEN TAUBEN

Für Claudio Guillén

Auf den Lorbeerzweigen
ich zwei dunkle Tauben sah.
Die eine der Mond,
die andere die Sonne war.
»Liebe Nachbarn«, ich sie fragte,
»wo ist wohl mein Grab?«
»In meinem Schweif«, die Sonne sagte.
»In meiner Brust«, der Mond.
Und wie ich so dahinging,
die Erde bis zur Hüfte,
zwei Schneeadler ich sah
und ein nacktes Mädchen.
Einer der andere war
und das Mädchen keins.
»Liebe Adler«, ich sie fragte,
»wo ist wohl mein Grab?«
»In meinem Schweif«, die Sonne sagte.
»In meiner Brust«, der Mond.
Auf den Lorbeerzweigen
ich zwei nackte Tauben sah.
Eine die andere war
und die beiden keine.

APENDICE AL DIVAN DEL TAMARIT

AUS DEM UMKREIS DES DIWAN DES TAMARIT

DOS NORMAS

Dedicadas al gran poeta
Jorge Guillén

Norma de ayer encontrada
sobre mi noche presente.
Resplandor adolescente
que se opone a la nevada.
No pueden darte posada
mis dos niñas de sigilo,
morenas de luna en vilo
con el corazón abierto;
pero mi amor busca el huerto
donde no muere tu estilo.

Norma de seno y cadera
bajo la rama tendida,
antigua y recién nacida
virtud de la primavera.
Ya mi desnudo quisiera
ser dalia de tu destino,
abeja, rumor o vino
de tu número y locura;
pero mi amor busca pura
locura de brisa y trino.

ZWEI NORMEN

Dem großen Dichter
Jorge Guillén gewidmet

Norm von gestern, die ich eben
über meiner Nacht gefunden.
Strahlenglanz der Jugendstunden,
die dem Schneefall widerstreben.
Können dir kein Lager geben,
meine Kindlein, die verschwiegen
mondbraun in der Luft sich wiegen,
offnen Herzens; doch mein Sehnen
sucht die Gärten auf, in denen
deine Kunst wird nie versiegen.

Norm für Hüften und für Brüste
unterm Zweig, der weit sich streckte,
alte, immer neu geweckte
Kraft des Frühlings. Und Gelüste
sprießen: meine Nacktheit müßte
Dahlie deines Schicksals sein,
Biene, Raunen oder Wein
deiner Zahl und irren Bahn;
doch mein Sehnen fängt den Wahn
nur von Wind und Trillern ein.

GACELA
DEL MERCADO MATUTINO

Por el arco de Elvira
quiero verte pasar,
para saber tu nombre
y ponerme a llorar.

¿Qué luna gris de las nueve
te desangró la mejilla?
¿Quién recoge tu semilla
de llamarada en la nieve?
¿Qué alfiler de cactus breve
asesina tu cristal? ...

Por el arco de Elvira
voy a verte pasar,
para beber tus ojos
y ponerme a llorar.

¡Qué voz para mi castigo
levantas por el mercado!
¡Qué clavel enajenado
en los montones de trigo!
¡Qué lejos estoy contigo,
qué cerca cuando te vas!

Por el arco de Elvira
voy a verte pasar,
para sentir tus muslos
y ponerme a llorar.

GASELE
VOM MORGENMARKT

Durchs Stadttor von Elvira
möcht ich dich schreiten sehn,
zu wissen deinen Namen,
zu weinen meine Trän'.

Welcher graue Frühmond machte
dir die Wange bleich und blasser?
Wer ist's, der in Schnee und Wasser
deine Feuersaat einbrachte?
Welcher Kaktusdolch hat sachte
hingemordet deinen Glanz?

Durchs Stadttor von Elvira
möcht ich dich schreiten sehn,
zu trinken deine Augen,
zu weinen meine Trän'.

Welche Strafe, als ich mitten
auf dem Markt die Stimme hörte!
Welche wie vom Wahn betörte
Nelke über Weizenschütten!
Bei dir bin ich dir entglitten,
gehst du fort, so bin ich nah!

Durchs Stadttor von Elvira
möcht ich dich schreiten sehn,
zu spüren deine Schenkel,
zu weinen meine Trän'.

SONETOS DEL AMOR OSCURO

SONETTE DER DUNKLEN LIEBE

SONETO DE LA GUIRNALDA DE ROSAS

¡Esa guirnalda! ¡pronto! ¡que me muero!
¡Teje deprisa! ¡canta! ¡gime! ¡canta!
Que la sombra me enturbia la garganta
y otra vez viene y mil la luz de Enero.

Entre lo que me quieres y te quiero,
aire de estrellas y temblor de planta,
espesura de anémonas levanta
con oscuro gemir un año entero.

Goza el fresco paisaje de mi herida,
quiebra juncos y arroyos delicados.
Bebe en muslo de miel sangre vertida.

Pero ¡pronto! Que unidos, enlazados,
boca rota de amor y alma mordida,
el tiempo nos encuentre destrozados.

SONETT VON DER ROSENGIRLANDE

Nur die Girlande! Schnell! Eh ich vergeh!
Rasch winde sie! Und singe! Seufze! Singe!
Eh mir der Schatten in die Kehle dringe
und ich den Januar wieder schimmern seh.

Du liebst mich und ich lieb dich sind seit je
wie Pflanzenzittern, Sternenhauch zwei Dinge,
sie trennt der Anemonen Blattgeschlinge:
ein Jahrlang Seufzen, Dunkelheit und Weh.

Genieß die frische Landschaft meiner Wunde,
durch Binsen brich, hetz über Bach und Brücken,
vom Honigschenkel schlürf des Blutes Guß.

Doch rasch! Daß eng umschlungen uns die Stunde,
Mund ausgezehrt von Liebe, Herz in Stücken,
als einen Leib vernichtet finden muß.

NOCHE DEL AMOR INSOMNE

Noche arriba los dos con luna llena,
yo me puse a llorar y tú reías.
Tu desdén era un dios, las quejas mías
momentos y palomas en cadena.

Noche abajo los dos. Cristal de pena,
llorabas tú por hondas lejanías.
Mi dolor era un grupo de agonías
sobre tu débil corazón de arena.

La aurora nos unió sobre la cama,
las bocas puestas sobre el chorro helado
de una sangre sin fin que se derrama.

Y el sol entró por el balcón cerrado
y el coral de la vida abrió su rama
sobre mi corazón amortajado.

NACHT DER SCHLAFLOSEN LIEBE

Nachtaufwärts, nur wir beide. Vollmondschein,
da lachtest du, und weinen mußte ich.
Dein Stolz war göttlich, und mein Klagen glich
Tauben und Augenblicken, die sich reihn.

Nachtabwärts, beide. Blankes Leidgestein,
nun weintest du, da Fremdheit dich beschlich.
Und auf dein schwaches Sandherz wälzte sich
mit ihren Agonien meine Pein.

Das Frührot einte uns als Bettgenossen,
die Münder eisigem Blute hingegeben,
das sich in unablässigem Strom ergossen.

Bis Sonne brach durchs Fenster, das verschlossen:
da fühlte ich Korallen voller Leben
mein Herz in seinem Leichentuch umschweben.

LLAGAS DE AMOR

Esta luz, este fuego que devora.
Este paisaje gris que me rodea.
Este dolor por una sola idea.
Esta angustia de cielo, mundo y hora.

Este llanto de sangre que decora
lira sin pulso ya, lúbrica tea.
Este peso del mar que me golpea.
Este alacrán que por mi pecho mora.

Son guirnalda de amor, cama de herido,
donde sin sueño, sueño tu presencia
entre las ruinas de mi pecho hundido.

Y aunque busco la cumbre de prudencia
me da tu corazón valle tendido
con cicuta y pasión de amarga ciencia.

WUNDEN DER LIEBE

Dies Licht, all dieses Feuer, das verschlingt.
Die Landschaft um mich her, die grauen Weiten.
Der Schmerz, den *ein* Gedanke kann bereiten.
Die Angst, die Himmel, Welt und Zeit durchdringt.

Die Träne Bluts, die Schmuck und Ehre bringt.
Die Leier, schwüler Glanz aus lahmen Saiten.
Die Last des Meers, der Ansturm der Gezeiten.
Und der Skorpion, der meiner Brust entspringt.

Liebesgirlande und Versehrtenbett,
wo traumlos ich dich träume, ob die Qual,
dich nicht zu sehn, auch meine Brust zerrissen.

Wenn ich der Abgeklärtheit Gipfel hätt,
mich schickte doch dein Herz ins flache Tal,
ins Schierlingsreich zu drangvoll bittrem Wissen.

SONETO DE LA DULCE QUEJA

No me dejes perder la maravilla
de tus ojos de estatua, ni el acento
que de noche me pone en la mejilla
la solitaria rosa de tu aliento.

Tengo miedo de ser en esta orilla
tronco sin ramas, y lo que más siento
es no tener la flor, pulpa o arcilla
para el gusano de mi sufrimiento.

Si tú eres el tesoro oculto mío,
si eres mi cruz y mi dolor mojado,
si soy el perro de tu señorío,

no me dejes perder lo que he ganado
y decora las aguas de tu río
con hojas de mi Otoño enajenado.

SONETT VON DER SANFTEN KLAGE

Dein Statuenaug, dies Wunder, ach, ich bange,
es zu verlieren, das mich so beglückt,
und diesen Schmelz, den nachts mir auf die Wange
die scheue Rose deines Atems drückt.

Mich quält, daß ich an diesem Uferhange
der Baum bin, den kein einziger Zweig mehr schmückt,
und daß ich meines Leidens Wurm schon lange
nicht mehr mit Blüten, Frucht und Lehm erquickt.

Wenn mein geheimer Schatz du bist, mein Hort,
mein Kreuz, mein Schmerz, der eisig mich durchzogen,
und ich dein Hund, für fremden Zuruf taub,

nimm mir, was ich gewonnen hab, nicht fort,
verziere lieber deines Flusses Wogen
mit meines wonnetrunknen Herbstes Laub.

EL POETA PIDE A SU AMOR QUE LE ESCRIBA

Amor de mis entrañas, viva muerte,
en vano espero tu palabra escrita
y pienso con la flor que se marchita,
que si vivo sin mí, quiero perderte.

El aire es inmortal. La piedra inerte
ni conoce la sombra ni la evita.
Corazón interior, no necesita
la miel helada que la luna vierte.

Pero yo te sufrí, rasgué mis venas,
tigre y paloma sobre tu cintura,
en duelo de mordiscos y azucenas.

Llena, pues, de palabras mi locura
o déjame vivir en mi serena
noche del alma para siempre oscura.

DER DICHTER BITTET SEINE LIEBE, IHM ZU SCHREIBEN

Mein Tod, mein Leben, meines Herzens Liebe,
vergebens wart ich auf ein Wort von dir,
und gleich der welken Blume wünsch ich mir,
auch du wärst fort, wenn ich nicht leben bliebe.

Luft ist unsterblich, Stein ruht ohne Triebe,
kennt keinen Schatten, meidet keinen hier.
Dem Herzen ist im Grunde fremd die Gier
nach eisigem Honig, der vom Monde stiebe.

Ich aber litt an dir, zerschnitt die Venen,
Tiger und Taube, über deinen Hüften,
verzweifelt zwischen Lilie und Biß.

Mit Worten fülle rasch mein irres Sehnen,
sonst überlaß mich meinen heitren Grüften,
sucht doch seit je die Seele Finsternis.

EL POETA HABLA POR TELÉFONO CON EL AMOR

Tu voz regó la duna de mi pecho
en la dulce cabina de madera.
Por el sur de mis pies fue primavera
y al norte de mi frente flor de helecho.

Pino de luz por el espacio estrecho
cantó sin alborada y sementera
y mi llanto prendió por vez primera
coronas de esperanza por el techo.

Dulce y lejana voz por mí vertida.
Dulce y lejana voz por mi gustada.
Lejana y dulce voz amortecida.

Lejana como oscura corza herida.
Dulce como un sollozo en la nevada.
¡Lejana y dulce en tuétano metida!

DER DICHTER SPRICHT AM TELEFON MIT SEINER LIEBE

Die Düne meiner Brust, wie gierig trank
sie deine Stimme in der hölzern Zelle.
Südlich des Fußes war des Frühlings Schwelle,
und nördlich meiner Stirn ein Farn entsprang.

Ein Lichtbaum in dem engen Raume sang,
bar jeder Saat und ohne Morgenhelle,
und erstmals, daß sich einer Hoffnung Welle
aus meiner Klage bis zur Decke schwang.

Sanfte und ferne Stimme, die mich netzte.
Sanfte und ferne Stimme, mir so lieb.
Ferne und sanfte Stimme, mir entglitten.

Fern wie ein dunkles Reh, das sich verletzte.
Sanft wie ein Schluchzen, das im Schnee verblieb.
Ach, fern und sanft mir tief ins Mark geschnitten.

EL POETA PREGUNTA A SU AMOR POR LA CIUDAD ENCANTADA DE CUENCA

¿Te gustó la ciudad que gota a gota
labró el agua en el centro de los pinos?
¿Viste sueños y rostros y caminos
y muros de dolor que el aire azota?

¿Viste la grieta azul de luna rota
que el Júcar moja de cristal y trinos?
¿Han besado tus dedos los espinos
que coronan de amor piedra remota?

¿Te acordaste de mí cuando subías
al silencio que sufre la serpiente,
prisionera de grillos y de umbrías?

¿No viste por el aire transparente
una dalia de penas y alegrías
que te mandó mi corazón caliente?

DER DICHTER FRAGT SEINE LIEBE NACH DER VERWUNSCHENEN STADT CUENCA

Hat jene Stadt, die sich im Pinienwald
die Wassertropfen schufen, dir gefallen?
Sahst du die Leidensmauern, Wege, Hallen,
Gesichter, Träume von der Luft zerkrallt?

Sahst du, im schmalen Monde blau, den Spalt,
naß von des Júcars Trillern und Kristallen?
Und küßtest du mit deinen Fingern allen
den Dornbusch, der verliebt den Fels umwallt?

Dachtest du meiner, als du aufgefahren
ins Schweigen, das die Schlange auf sich nimmt,
von Grillen und von Schatten rings umstellt?

Und sahst nicht mal, wie in der Luft, der klaren,
aus Schmerz und Freude eine Dahlie glimmt,
die dir mein heißes Herz entgegenhält?

SONETO GONGORINO EN QUE EL POETA MANDA A SU AMOR UNA PALOMA

Este pichón del Turia que te mando,
de dulces ojos y de blanca pluma,
sobre laurel de Grecia vierte y suma
llama lenta de amor do estoy parando.

Su cándida virtud, su cuello blando,
en limo doble de caliente espuma,
con un temblor de escarcha, perla y bruma
la ausencia de tu boca está marcando.

Pasa la mano sobre su blancura
y verás qué nevada melodía
esparce en copos sobre tu hermosura.

Así mi corazón de noche y día
preso en la cárcel del amor oscura
llora sin verte su melancolía.

SONETT IN GONGORAS MANIER, DARIN DER DICHTER SEINER LIEBE EINE TAUBE SCHICKT

Vom Turia will ich dir dies Täubchen schicken
mit seinem milden Aug und weißen Flaum,
still hingegossen ruht's im Lorbeerbaum,
läßt tief ins Schwelen meiner Liebe blicken.

Sein Unschuldsglanz, sein sanfter Hals und Rücken,
fügsam wie Töpferton und warmer Schaum,
zitternd in Reif und Nebel: zarter Traum,
die Gier nach deinem Munde auszudrücken.

Streich sacht ihm übers Weiße und verschließe
dich nicht den Flocken dieser Melodie,
die still wie Schnee auf deine Schönheit fließe.

So auch mein Herz, denn ach! es sieht dich nie,
weint Tag und Nacht, gefangen im Verliese
der dunklen Liebe, vor Melancholie.

¡Ay voz secreta del amor oscuro!
¡ay balido sin lanas! ¡ay herida!
¡ay aguja de hiel, camelia hundida!
¡ay corriente sin mar, ciudad sin muro!

¡Ay noche inmensa de perfil seguro,
montaña celestial de angustia erguida!
¡ay perro en corazón, voz perseguida!
¡silencio sin confín, lirio maduro!

Huye de mí, caliente voz de hielo,
no me quieras perder en la maleza
donde sin fruto gimen carne y cielo.

Deja el duro marfil de mi cabeza,
apiádate de mí, ¡rompe mi duelo!,
¡que soy amor, que soy naturaleza!

O stiller Laut aus dunkler Liebe Schlund,
o Blöken ohne Wolle! Wunde! Tod!
Gallbittrer Stich, Kamelie im Kot!
Strom ohne Meer, Stadt ohne Mauerrund!

O Nacht, so scharf umgrenzt und ohne Grund,
Himmelsgebirg, erbaut aus Angst und Not!
O Hund im Herzen, Stimme haßumloht!
O ewiges Schweigen, reifer Lilienmund!

Flieh, eisig-heiße Stimme, laß mich gehen,
willst du doch nicht, daß ich im Dickicht ende,
wo ohne Hoffnung Fleisch und Himmel flehen.

Laß meines Schädels Elfenbein mir nur,
hab mit mir Mitleid, meine Trauer wende!
Bin ich doch Liebe, bin ich doch Natur!

EL AMOR DUERME EN EL PECHO DEL POETA

Tú nunca entenderás lo que te quiero
porque duermes en mí y estás dormido.
Yo te oculto llorando, perseguido
por una voz de penetrante acero.

Norma que agita igual carne y lucero
traspasa ya mi pecho dolorido
y las turbias palabras han mordido
las alas de tu espíritu severo.

Grupo de gente salta en los jardines
esperando tu cuerpo y mi agonía
en caballos de luz y verdes crines.

Pero sigue durmiendo, vida mía.
¡Oye mi sangre rota en los violines!
¡Mira que nos acechan todavía!

DIE LIEBE SCHLÄFT AN DER BRUST DES DICHTERS

Wie sehr ich liebe, wirst du nie verstehen,
schläfst du doch tief in mir und selbstvergessen.
Ich berg dich tränenblind, verfolgt, besessen
von Stimmen, die aus scharfem Stahl bestehen.

Gesetz, um das sich Fleisch und Sterne drehen,
wie will sich's in die wunde Brust mir pressen,
wenn schlaff nur noch, von trübem Wort zerfressen,
die Flügel deines strengen Geistes wehen.

In unsre Gärten springen Menschen, die
von lichten, grünbemähnten Pferden steigen,
wolln deinen Leib und meine Agonie.

Doch schlaf nur ruhig weiter, du mein Leben.
Hör, wie mein Blut verrottet in den Geigen!
Sieh, wie uns Späher immerfort umgeben!

EL POETA DICE LA VERDAD

Quiero llorar mi pena y te lo digo
para que tú me quieras y me llores
en un anochecer de ruiseñores,
con un puñal, con besos y contigo.

Quiero matar al único testigo
para el asesinato de mis flores
y convertir mi llanto y mis sudores
en eterno montón de duro trigo.

Que no se acabe nunca la madeja
del te quiero me quieres, siempre ardida
con decrépito sol y luna vieja.

Que lo que no me des y no te pida
será para la muerte, que no deja
ni sombra por la carne estremecida.

DER DICHTER SAGT DIE WAHRHEIT

Ich will, du sollst um meine Qualen wissen,
daß deine Liebe teilen kann mein Leid
im Abendlicht, zur Nachtigallenzeit,
die dir allein gehört mit Dolch und Küssen.

Ich will den Zeugen töten, der beflissen
des Mordes mich an meinen Blumen zeiht,
ich will, daß Klag und Schweiß in Ewigkeit
zu Hocken harten Weizens werden müssen.

Auch soll nie ganz entwirrt das Knäuel sein,
der Brand des Ich-lieb-dich-und-du-liebst-mich,
entfacht am alten Sonn- und Mondenschein.

Und was du mir nicht gibst noch ich begehre,
verfall' dem Tod, der alles Fleisch beschlich
und nicht mal Schatten hinterläßt, nur Leere.

SONETOS
1924-1936

WEITERE SONETTE AUS DEN JAHREN
1924-1936

EN LA MUERTE DE JOSE DE CIRIA Y ESCALANTE

¿Quién dirá que te vio, y en qué momento?
¡Qué dolor de penumbra iluminada!
Dos voces suenan: el reloj y el viento,
mientras flota sin ti la madrugada.

Un delirio de nardo ceniciento
invade tu cabeza delicada.
¡Hombre! ¡Pasión! ¡Dolor de luz! Memento.
Vuelve hecho luna y corazón de nada.

Vuelve hecho luna: con mi propia mano
lanzaré tu manzana sobre el río
turbio de rojos peces y verano.

Y tú arriba, en lo alto, verde y frío,
¡olvídame! Y olvida el mundo vano,
tristísimo Giocondo, amigo mío.

AUF DEN TOD VON JOSE DE CIRIA
Y ESCALANTE

Wer rühmt sich, daß er je dich hat gesehen?
Halbschattenschmerz, von mildem Glanz gebleicht!
Zwei Stimmen raunen: Uhr und Windeswehen,
indes der Morgen ohne dich verstreicht.

Aus grauer Narde Wirrn und Wahn entstehen,
ein Rausch, der deinen edlen Kopf beschleicht.
Mann! Leiden! Lichtschmerz! Werden und Vergehen.
Als Mond kehr wieder, Herz des Nichts vielleicht.

Als Mond kehr wieder: daß ich hoch im Bogen
werf deinen Apfel auf des Flusses Wogen,
die ganz von Glut und roten Fischen trüb.

Und du, so grün und kalt in höchsten Höhn,
vergiß mich! Und vergiß der Welt Gedröhn,
Giocondo, Freund, so traurig, mir so lieb.

SONETO DE HOMENAJE A MANUEL DE FALLA, OFRECIENDOLE UNAS FLORES

Lira cordial de plata refulgente
de duro acento y nervio desatado,
voces y frondas de la España ardiente
con tus manos de amor has dibujado.

En nuestra propia sangre está la fuente
que tu razón y sueños ha brotado.
Álgebra limpia de serena frente.
Disciplina y pasión de lo soñado.

Ocho provincias de la Andalucía,
olivo al aire y a la mar los remos,
cantan, Manuel de Falla, tu alegría.

Con el laurel y flores que ponemos
amigos de tu casa en este día,
pura amistad sencilla te ofrecemos.

SONETT ZU EHREN
MANUEL DE FALLAS,
MIT BLUMEN ZU ÜBERREICHEN

Leier der Herzlichkeit, wie Silber hell,
von hartem Schlag und stürmischer Gewalt,
hat deine Hand doch liebevoll und grell
mit Laub und Klängen Spaniens Glut gemalt.

In unserm eignen Blut liegt, was als Quell
deiner Gedanken, deiner Träume galt.
Kalkül mit heitrer Stirn, exakt und schnell.
Passion und Disziplin der Traumgestalt.

Die acht Provinzen Andalusiens singen,
der Ölbaum singt's der Luft, das Schiff den Meeren,
dir, Manuel, deine eigne Fröhlichkeit.

Sieh deines Hauses Freunde hier: sie bringen
mit Lorbeer und mit Blumen, dich zu ehren,
dir ihre Treue und Ergebenheit.

SONETO A CARMELA CONDON, AGRADECIENDOLE UNAS MUÑECAS

Una luz de jacinto me ilumina la mano
al escribir tu nombre de tinta y cabellera
y en la neutra ceniza de mi verso quisiera
silbo de luz y arcilla de caliente verano.

Un Apolo de hueso borra el cauce inhumano
donde mi sangre teje juncos de primavera.
Aire débil de alumbre y aguja de quimera
pone loco de espigas el silencio del grano.

En este duelo a muerte por la virgen poesía,
duelo de rosa y verso, de número y locura,
tu regalo renueva sol y vieja alegría.

¡Oh pequeña morena de delgada cintura!
¡Oh Perú de metal y de melancolía!
¡Oh España! ¡Oh luna muerta sobre la piedra dura!

SONETT FÜR CARMELA CONDON, ZUM DANK FÜR EIN PAAR PUPPEN

Dein Name hingetuscht – da glomm ein Licht,
das hyazinthen auf die Hand mir quoll:
so sei auch meines Verses Asche voll
von Licht und Lehm, der heiß aus Sommern bricht.

Und wo mein Blut des Frühlings Binsen flicht,
verschlingt den Fluß ein knöcherner Apoll.
Alaunhauch waltet und Schimärengroll,
bis Ährenwahn die stumme Saat besticht.

Im Kampf um jungfräuliche Poesie,
Kampf zwischen Vers und Rose, Wahn und Zahl,
wird dein Geschenk mir Glück und Glanz verleihn.

O dunkeläugig Mädchen, zart und schmal!
Peru aus Eisen und Melancholie!
O Spanien! Toter Mond auf hartem Stein!

ADAM

A Pablo Neruda,
rodeado de Fantasmas

Arbol de Sangre riega la mañana
por donde gime la recién parida.
Su voz deja cristales en la herida
y un gráfico de hueso en la ventana.

Mientras la luz que viene fija y gana
blancas metas de fábula que olvida
el tumulto de venas en la huida
hacia el turbio frescor de la manzana,

Adam sueña en la fiebre de la arcilla
un niño que se acerca galopando
por el doble latir de su mejilla.

Pero otro Adam oscuro está soñando
neutra luna de piedra sin semilla
donde el niño de luz se irá quemando.

ADAM

Für Pablo Neruda,
umringt von Phantasmen

Ein Blut-Baum, der den Morgen rosig netzt,
dort stöhnt die Wöchnerin mit trocknem Munde.
Wobei ihr Schrei Kristalle in die Wunde
und eines Knochens Bild ins Fenster setzt.

Und wenn das Licht kommt, starr, und pfeilt sich jetzt
ins Weiß der Mythe und es weicht im Grunde
der Adern Aufruhr, da die flüchtige Stunde
zur trüben Frische eines Apfels hetzt,

träumt Adam, der im Lehme fiebernd liegt,
ein Kind herbei, das im Galopp sich naht
und sich ans Pochen seiner Wange schmiegt.

Doch träumt ein andrer, dunkler Adam grad
vom öden Steinmond, der durch Wolken irrt,
an dem das Lichtkind sich verbrennen wird.

Yo sé que mi perfil será tranquilo
en el norte de un cielo sin reflejo:
mercurio de vigilia, casto espejo,
donde se quiebre el pulso de mi estilo.

Que si la yedra y el frescor del hilo
fue la norma del cuerpo que yo dejo,
mi perfil en la arena será un viejo
silencio sin rubor de cocodrilo.

Y aunque nunca tendrá sabor de llama
mi lengua de palomas ateridas
sino desierto gusto de retama,

libre signo de normas oprimidas
seré, en el cuello de la yerta rama
y en el sin fin de dalias doloridas.

Ich freu mich meines künftigen Profils
im Norden eines Himmels ohne Schein:
Vigil-Quecksilber, Spiegel keusch und rein,
den Pulsschlag wiedergebend meines Stils.

War einst der Faden efeufrischen Spiels
die Norm des Leibs, eh ich mich ließ befrein,
wird mein Profil im Sand ein Schweigen sein
und fern von falscher Reu des Krokodils.

Wenn sie auch nie der Flamme ähneln kann,
die Zunge starrer Tauben, die mir eigen,
und bloß des Ginsters dürren Düften gleicht,

von unterdrückten Normen bin ich dann
ein freies Zeichen über klammen Zweigen,
das schmerzerfüllten Dahlien entweicht.

EPITAFIO A ISAAC ALBENIZ

Esta piedra que vemos levantada
sobre hierbas de muerte y barro oscuro,
guarda lira de sombra, sol maduro,
urna de canto sola y derramada.

Desde la sal de Cádiz a Granada,
que erige en agua su perpetuo muro,
en caballo andaluz de acento duro
tu sombra gime por la luz dorada.

¡Oh dulce muerto de pequeña mano!
¡Oh música y bondad entretejida!
¡Oh pupila de azor, corazón sano!

Duerme cielo sin fin, nieve tendida.
Sueña invierno de lumbre, gris verano.
¡Duerme en olvido de tu vieja vida!

14 de diciembre, 1935

EPITAPH FÜR ISAAC ALBENIZ

Den wir hier aufgerichtet sehn, der Stein,
im Todeskraut auf lehmig-dunklem Grund,
birgt Schattenleier, reife Sonne und
des Liedes einsamen und reichen Schrein.

Vom herben Cádiz nach Granada rein,
das tief ins Wasser baut sein Mauerrund,
zu Pferd, mit andalusisch hartem Mund,
seufzt laut dein Schatten nach dem goldnen Schein.

O sanfter Toter mit der kleinen Hand!
O Güte und Musik, so eng verwandt!
O Falkenauge, Herz, gesund und stark!

Der weite Himmel schläft, das Schneegelände.
Es träumen Sommergrau und Winterbrände.
Schlaf und vergiß, was einst dein Leben barg!

14. Dezember 1935

A MERCEDES EN SU VUELO

Una viola de luz yerta y helada
eres ya por las rocas de la altura.
Una voz sin garganta, voz oscura
que suena en todo sin sonar en nada.

Tu pensamiento es nieve resbalada
en la gloria sin fin de la blancura.
Tu perfil es perenne quemadura.
Tu corazón paloma desatada.

Canta ya por el aire sin cadena
la matinal fragante melodía
monte de luz y llaga de azucena.

Que nosotros aquí de noche y día
haremos en la esquina de la pena
una guirnalda de melancolía.

FÜR MERCEDES IN IHREM FLUG

Viola du aus Licht, erstarrt und kalt,
auf höchstem Felsen. Und von Nacht genährt,
Stimme, wie sie aus keiner Kehle fährt
und rings in allem und in nichts erschallt.

Dein Denken: Schnee, geschleudert und geballt
in weiße Glorie, die ewig währt.
Dein Antlitz ist ein Brand, der glimmt und schwärt.
Dein Herz hat einer Taube Schwunggewalt.

Und unbeschwert singt's mit der Luft im Bunde
die duftend morgendliche Melodie
von Lichtgebirg und blasser Lilienwunde.

Indes am Eck hier, wo das Leid gedieh,
wir winden müssen all und jede Stunde
unsre Girlande aus Melancholie.

Editorische Notiz

Diese Ausgabe umfaßt zwei eng zusammengehörige, nicht mehr zu Lebzeiten Lorcas veröffentlichte Gedichtzyklen. Vollständige Manuskripte von Lorcas Hand sind in beiden Fällen nicht erhalten, doch liegen teils Abschriften, teils Einzelveröffentlichungen in Zeitschriften oder auch handschriftliche Erstfassungen im Lorca-Archiv in Granada vor. Die Textvarianten und unterschiedlichen Lesarten bei einzelnen Gedichten sind in den bisherigen Ausgaben (siehe Bibliographie) insgesamt so geringfügig, daß, auch wenn es eine verläßliche kritische Edition aller überlieferten Gedichte noch nicht gibt, eine deutsche Übertragung dieser beiden Zyklen heute schon gewagt werden kann.

Den Zyklus »Diván del Tamarit« hat Lorca ab September 1934 für den Druck in der Universitätspresse von Granada vorbereitet. Er übergab sein Manuskript Emilio García Gómez, der es eigenhändig kopierte und ein Vorwort dazu schrieb. Im Winter 1935/36 hoffte Lorca noch, das Buch werde bald erscheinen, doch der Beginn des Bürgerkriegs und Lorcas Ermordung am 19. August 1936 machten den Plan zunichte. Lorcas Schwester Concha rettete das Manuskript, indem sie es 1940 von der Universitätspresse Granada zurückforderte. Die Erstveröffentlichung besorgte dann sein ins Exil gegangener Bruder Francisco García Lorca in New York, in der *Revista Hispánica Moderna,* Columbia University, Nr. 3 und 4, Juli/Oktober 1940. (Der dort veröffentlichte Text lag der Auswahl und Übertragung von Enrique Beck zugrunde: Federico García Lorca, Gedichte, Insel Verlag, Frankfurt am Main 1969.)

Zum Umkreis des »Diván del Tamarit« gehören die beiden Gedichte »Dos normas« und »Gacela del mercado matutino«. Sie wurden aber entweder von Lorca selbst oder von García Gómez für die Ausgabe der Universität Granada verworfen. »Dos normas« wurde 1940 zusammen mit dem »Diván« abgedruckt, die »Gacela del mercado matutino«, nach Auskunft von André Belamich wohl als Gasele XII gedacht, erschien zuerst im *Almanaque literario*, Madrid, Herbst 1935.

Die Vorlage für die deutsche Übertragung des »Diván« und der beiden Gedichte aus dem Umkreis ist der spanische Text, wie er 1981 in der kommentierten Ausgabe von Mario Hernández erschien.

Nach Zeugnissen der Freunde Vicente Aleixandre, Luis Cernuda, Jorge Guillén, Pablo Neruda und Rafael Alberti sowie nach eigener Aussage in einem Interview 1936 schrieb Lorca kurz vor seinem Tod einen Zyklus von Sonetten; mehrfach las er daraus seinen Freunden vor. Luis Rosales,

in dessen Haus Lorca im Sommer 1936 Zuflucht suchte, erinnert sich, das Buch habe den Titel »Jardín de (los) sonetos« (Garten der Sonette) tragen sollen und sei zweiteilig angelegt gewesen: zunächst ältere Sonette (darunter die hier S. 87ff. abgedruckten), die zum Teil schon in Zeitschriften erschienen waren, und anschließend die »Sonetos del amor oscuro«. Die Freunde Alberti, Aleixandre und Cernuda erinnern sich daran, daß Lorca die letzten Sonette, die er kurz vor seinem Tod schrieb, »Sonetos del amor oscuro« nannte. Wie es scheint, umfaßte dieser Zyklus nicht mehr als zwölf Sonette. Ein zusammenhängendes Manuskript dieser Sonette ist nicht überliefert, da die von Lorca seinem Freund Rafael Rodríguez Rapún übergebene Reinschrift verlorengegangen ist, als dieser auf der Seite der Republikaner fiel und sein Haus in Madrid von deutschen Flugzeugen bombardiert wurde. In den Archiven der Familie Lorca sind jedoch Entwürfe und Erstfassungen der »Sonetos del amor oscuro« erhalten. Einige wenige dieser Sonette sind bald nach Lorcas Tod in Zeitschriften erschienen, andere wurden zuerst 1980 veröffentlicht, die übrigen sechs Sonette wurden erst 1984 in der Madrider Tageszeitung »ABC« der spanischen Öffentlichkeit zugänglich gemacht, nachdem bereits die französische Übertragung (Pléiade-Ausgabe) veröffentlicht war und in Granada 1983 ein Raubdruck zirkulierte. Eine vollständige kritische Ausgabe der überlieferten und neu aufgefundenen Sonette ist bisher in Spanien nicht erschienen.
Vorlage für die deutsche Übertragung der Sonette ist der spanische Text, wie er in der Ausgabe von Hernández bzw. in »ABC« erschien. Die Reihenfolge der »Sonette der dunklen Liebe« in unserer Ausgabe folgt der einsprachig französischen Pléiade-Ausgabe.

Bibliographie

Revista Hispánica Moderna, VI. Jahrgang, Nr. 3 und 4, Juli/Oktober, New York, 1940

Federico García Lorca. (1899-1936) Vida y obra. Bibliografía. Antología. Obras inéditas. Música popular, New York, Hispanic Institute, 1941

Federico García Lorca, *Obras Completas.* Zwei Bände. Herausgegeben von Arturo del Hoyo. Madrid, Aguilar, 21. Auflage 1980

Federico García Lorca, *Sonetos del amor oscuro.* Herausgegeben von Mario Hernández, mit einer Einleitung von Jorge Guillén. Barcelona, Maeght, 1980

Federico García Lorca, *Œuvres complètes*. Zwei Bände. Herausgegeben von André Belamich. Bibliothèque de la Pléiade, Paris, Gallimard, 1981

Federico García Lorca, *Diván del Tamarit/Llanto por Ignacio Sánchez Mejías/Sonetos*. Herausgegeben von Mario Hernández. Madrid, Alianza Editorial, 1981

ABC, Madrid, 17. 3. 1984, Federico García Lorca, *Sonetos de amor*

Federico García Lorca, *Sonetti dell'amore oscuro* e altre poesie inedite. Herausgegeben von Mario Socrate. Milano, Garzanti, 1985

Erstveröffentlichung und Copyright der Gedichte

Diván del Tamarit, in: *Revista Hispánica Moderna*, VI. Jahrgang, Nr. 3 und 4, Juli/Oktober, New York, 1940 © 1941

Dos normas, in: *Revista Hispánica Moderna*, a. a. O. © 1941

Gacela del mercado matutino, in: *Almanaque literario*, Madrid, Herbst 1935 © 1941

Soneto de la guirnalda de rosas, in: ABC, 17. 3. 1984 © 1984

Noche del amor insomne, in: ABC, a. a. O. © 1984

Llagas de amor, in: ABC, a. a. O. © 1984

Soneto de la dulce queja, in: *Cancionero*, Nr. 1, Valladolid 1941, herausgegeben von Julio Gómez de la Serna © 1941

El poeta pide a su amor que le escriba, in: *El Universal*, México, 23. 2. 1940 (unter dem Titel »El poeta exige a su amor que le escriba«) © 1940

El poeta habla por teléfono con el amor, in: ABC, a. a. O. © 1984

El poeta pregunta a su amor por la »Ciudad Encantada« de Cuenca, in: Sonetos del amor oscuro, Barcelona, Maeght, 1980 © 1980

Soneto gongorino en que el poeta manda a su amor una paloma, in: Sonetos del amor oscuro, Barcelona, Maeght, 1980 © 1980

Ay voz secreta del amor oscuro, in: ABC, a. a. O. © 1984

El amor duerme en el pecho del poeta, in: ABC, a. a. O. © 1984

El poeta dice la verdad, in: Sonetos del amor oscuro, Barcelona, Maeght, 1980 © 1980

En la muerte de José de Ciria y Escalante, in: García Lorca: Cartas, postales, poemas y dibujos. Herausgegeben von Antonio Gallego Morell, Madrid, Moneda y Crédito, 1968, Brief an M. Fernández Almagro © 1924

Soneto de homenaje a Manuel de Falla ofreciéndole unas flores, in: Manuel Orozco, Falla. Biografía ilustrada, Barcelona 1968 © 1968

Soneto a Carmela Cóndon, agradeciéndole unas muñecas, in: *Les poètes du monde défendent le peuple espagnol*, Nr. 3, 1937 © 1937

Adam, in: *Héroe*, Nr. 2, Madrid 1932 © 1932

Yo sé que mi perfil será tranquilo, in: *Revista de Avance*, Nr. 45, La Habana 1930 © 1930

Epitafio a Isaac Albéniz, in: La Noche, 14. 2. 1935 © 1935

A Mercedes en su vuelo, in: *Revista Hispánica Moderna*, a.a.O. © 1940

Indice

Inhalt